PROLOG

Das ist mir immer wieder sonderbar, unbegreiflich und hinreißender als alle Fragen und Taten des Tages und Menschengeistes: wie ein Berg sich in den Himmel reckt und wie die Lüfte lautlos in einem Tale ruhen, wie gelbe Birkenblätter vom Zweige gleiten und Vogelzüge durch die Bläue fahren. Das greift einem das ewig Rätselhafte so beschämend und so süß ans Herz, daß man allen Hochmut ablegt, mit dem man sonst über das Unerklärliche redet, und daß man doch nicht erliegt, sondern alles dankbar annimmt und sich bescheiden und stolz als Gast des Weltalls fühlt. ...

Hermann Hesse
Aus *Mit dem Erstaunen fängt es an*

Im Sommer 2007, kurz nach Veröffentlichung des ersten Albums des *Hesse Projekts* mit dem Titel *„Die Welt unser Traum,"* waren wir nach Bolinas zurückgekehrt, einem kleinen Ort an der Küste Nordkaliforniens unweit von San Francisco. Hier nahmen auch alle CDs des *Rilke Projekts* ihren Anfang, inspiriert von der Wucht der Natur, die hier allgegenwärtig ist, und den Einflüssen der Menschen, die wie wir an diesem Fleckchen Erde Heimat und Wirkungsstätte gefunden haben und uns mitgeprägt haben. Musiker, Poeten, Aktivisten, Yale-Professoren, Umweltschützer, Hippies und Philosophen besiedelten in den 70er Jahren diesen magischen Ort, an dem es scheint, als sei die Zeit stehen geblieben, und an dem einfach nur das Glück des Lebens zählt. Auch der wunderbare Tiziano Terzani machte hier im Commonweal Retreat Center auf der langen Suche nach einer geeigneten Therapie seines Krebsleidens Station.

Die Resonanz auf das erste *Hesse Projekt* wirkte sehr motivierend, waren wir doch auf Platz 1 der Hörbuchcharts eingestiegen, konnten uns in den offiziellen Musikcharts platzieren und uns somit an einer erfolgreichen Fortsetzung unserer Arbeit erfreuen. Wir nehmen das nach mittlerweile drei Rilke-Alben und einem Hesse-Album nicht als selbstverständlich.

Mit großer Vorfreude auf die neue Herausforderung richteten wir abermals unser portables Studio in Kalifornien ein und vertieften uns wieder in die Poesie Hermann Hesses. Auch diesmal wählten wir unter den vielen Gedichten und Prosatexten solche aus, die uns nicht nur persönlich berührten, sondern diejenigen, die uns darüber hinaus in ihrer ganzen Schönheit und Klarheit Gedanken und Sichtweisen des Mensch-Seins aufzeigen, die wir als elementar wichtig empfinden und die wir gerne teilen möchten.

Hermann Hesses Aufgeschlossenheit für andere Kulturen, sein Aufruf zu Toleranz, Versöhnung und individueller Herzensbildung ist gerade in unserer globalisierten Welt wieder ganz besonders aktuell. Dass diese Ausrichtung auch unsere musikalische Umsetzung der einzelnen Texte beeinflusst hat, versteht sich so von selbst. Kein anderer deutscher Dichter hat in seinem Werk Ost und West so miteinander verwoben, den Reichtum und die Vielfältigkeit des menschlichen Lebens so überzeugend dargestellt wie Hermann Hesse. Das wollten wir hörbar machen.

Im späten August 2007 telefonierten wir mehrmals mit Jürgen Prochnow, der nur einige hundert Meilen südlich von uns in Los Angeles seine Reise nach Europa plante. Wir verabredeten, uns nach unserer Rückkehr in Frankfurt zu treffen, um die ersten Sprachaufnahmen für das zweite Hesse-Album zu tätigen. Dass die Arbeit mit Jürgen Prochnow den Anfang der Produktion bilden sollte, bedeutete uns viel, hatte uns doch seine charismatische Interpretationskunst schon beim *Rilke Projekt* begeistert. Diese Aufnahmen waren denn auch der glückliche Beginn einer ereignisreichen, von vielen spannenden Geschichten und außergewöhnlichen

Begegnungen begleiteten Produktion. Der „Hesse-Spirit“ war allgegenwärtig, trafen wir auch diesmal wieder Künstler aus der ganzen Welt, die unserem Projekt gegenüber aufgeschlossen waren oder sich bereits persönlich in den vergangenen Jahren intensiv mit der Poesie Hesses beschäftigt hatten.

Dazu zählt das Zusammentreffen mit dem Sitar-Virtuosen Gaurav Mazumdar, den eine persönliche Freundschaft mit Hermann Hesses Sohn, Heiner Hesse, verband und der eigens aus Neu-Delhi anreiste, um das *Hesse Projekt* mit seinem Spiel zu bereichern. Auch die bewegende Begegnung mit dem Klarinettisten Giora Feidman an einem Sommernachmittag 2008 in Frankfurt zählt zu den Highlights der Produktion. Wir waren begeistert von seiner Einspielung zu *Blume, Baum, Vogel*, und seine offene Warmherzigkeit und sein Enthusiasmus berührten und inspirierten uns nachhaltig. Wir hatten einmal mehr das Gefühl, dass die Mitwirkung von Künstlern mit unterschiedlichstem Background auf wunderbare Weise den Umfang und die Ausrichtung des *Hesse Projekts* und damit unserer musikalischen Arbeit dokumentiert.

In diesen zwei Jahren des Entstehens wurden wieder einmal viele Briefe und E-Mails geschrieben, Hesse-Texte und Noten verschickt, und viel logistischer Aufwand war nötig, um alle Interpreten und Musiker auf diesem Album zu vereinen. Einige mitwirkende Künstler trafen wir nie persönlich. Dank der heutigen Technik konnte die Sängerin Swarnima Gusain in Mumbai/Indien ins Studio gehen und für uns auf den von Anna Maria Mühe gesprochenen Prosatext *Es ist nicht unsere Aufgabe …* ihren Gesang aufnehmen. Ein, wie wir finden, stimmiges Dokument, das die Verbindung von Orient und Okzident auf wundervolle Weise hörbar macht.

Mit eigenem Kamerateam und Fotografen reisten wir auch dieses Mal quer durch Deutschland und zu den Orchesteraufnahmen nach Warschau und hielten außergewöhnliche Momente der Produktion fest. Jede Aufnahmesession und jede Sprachaufnahme hatte ihre eigene Dynamik, jede Begegnung war Mosaikstein und Farbe für das gesamte Album. Die Behutsamkeit, der Respekt und die Offenheit, mit denen sich jeder der einzelnen mitwirkenden Sprecher den Gedichten im Studio näherte, war für uns Inspiration und musikalische Herausforderung zugleich. Hier wurde der Geist Hesses fühl- und erlebbar, das Gemeinsame, das „Mensch-Sein" in all seinen Facetten jenseits von Herkunft oder Religion wieder lebendig. Waren doch alle bereit, ihren kreativen Beitrag für eine Idee zu geben: Die Verbreitung des wunderbaren Gedankenguts von Hermann Hesse und seiner einzigartigen Poesie!

Nach der Studioarbeit mit den einzelnen Künstlern gingen wir in Klausur, analysierten Sprachrhythmus, Tonlage, Ausdruck der einzelnen Gedichtinterpretationen und feilten an unseren musikalischen Skizzen, die wir schon in Kalifornien entworfen hatten. Mit der Unterstützung unserer wundervollen Band, der wir an dieser Stelle für ihren tollen Input danken möchten, vollendeten wir die einzelnen Kompositionen. Jeder Titel durchlief viele einzelne Phasen, bevor er nun auf dieser CD hörbar ist, und das Vertrauen, das uns von allen mitwirkenden Künstlern entgegengebracht wurde, war Freude und Verantwortung zugleich, erfahren die mitwirkenden Künstler doch erst nach Fertigstellung des Albums das Ergebnis ihrer persönlichen Arbeit. Daher sei an dieser Stelle noch mal allen (!) von Herzen gedankt!

Nun hoffen wir, dass auch Sie unsere Begeisterung teilen können und wünschen Ihnen eine besinnliche poetisch-musikalische Reise in die Gedankenwelt Hermann Hesses.

Richard Schönherz & Angelica Fleer — Frankfurt am Main, Januar 2009

Gedichte

°1° Roger Cicero
Liebeslied (1907)

O du, ich kann nicht sagen,
Was du aus mir gemacht.
Ich fliehe vor den Tagen
Und liebe nur die Nacht.

Die Nacht ist mir so golden
Wie sonst kein Tag mir war,
Da träum ich von einer holden
Fraue mit blondem Haar.

Da träum ich von seligen Dingen,
Die mir ein Blick verhieß,
Da hör' ich Lieder klingen
Fernher vom Paradies.

Da sehe ich Wolken jagen
Und schaue lang in die Nacht –
O du, ich kann nicht sagen,
Was du aus mir gemacht.

° 2 ° Anna Maria Mühe

Es ist nicht unsere Aufgabe …

Es ist nicht unsere Aufgabe, einander näherzukommen, so wenig wie Sonne und Mond zueinanderkommen oder Meer und Land. Unser Ziel ist, einander zu erkennen und einer im anderen das zu sehen und ehren zu lernen, was er ist: des andern Gegenstück und Ergänzung.

Aus *Narziß und Goldmund*

° 3 ° Konstantin Wecker

Einsame Nacht

Die ihr meine Brüder seid,
Arme Menschen nah und ferne,
Die ihr im Bezirk der Sterne
Tröstung träumet eurem Leid,
Die ihr wortelos gefaltet
In die blaß gestirnte Nacht
Schmale Dulderhände haltet,
Die ihr leidet, die ihr wacht,
Arme, irrende Gemeinde,
Schiffer ohne Stern und Glück –
Fremde, dennoch mir Vereinte,
Gebt mir meinen Gruß zurück!

° 4 ° Jürgen Prochnow/ Giora Feidman KLARINETTE

Blume, Baum, Vogel

Bist allein im Leeren,
Glühst einsam, Herz,
Grüßt dich am Abgrund
Dunkle Blume Schmerz.

Reckt seine Äste
Der hohe Baum Leid,
Singt in den Zweigen
Vogel Ewigkeit.

Blume Schmerz ist schweigsam,
Findet kein Wort,
Der Baum wächst bis in die Wolken,
Und der Vogel singt immerfort.

°5° Robert Stadlober

Wie der stöhnende Wind –

Wie der stöhnende Wind durch die Nacht
Stürmt mein Verlangen nach dir,
Jede Sehnsucht ist aufgewacht –
O du, die mich krank gemacht,
Was weißt du von mir!
Leise lösch ich mein spätes Licht,
Fiebernde Stunden zu wachen,
Und die Nacht hat dein Angesicht,
Und der Wind, der von Liebe spricht,
Hat dein unvergeßliches Lachen!

°6° Stefanie Kloß/Silbermond

Wache Nacht

Bleich blickt die föhnige Nacht herein,
Der Mond im Wald will untergehn.
Was zwingt mich doch mit banger Pein
Zu wachen und hinauszusehn?

Ich hab geschlafen und geträumt;
Was hat mir mitten in der Nacht
Gerufen und so bang gemacht,
Als hätt ich Wichtiges versäumt?

Am liebsten liefe ich vom Haus,
Vom Garten, Dorf und Lande fort
Dem Rufe nach, dem Zauberwort,
Und weiter und zur Welt hinaus.

°7° Gottfried John/ Gaurav Mazumdar SITAR

Manchmal

Manchmal, wenn ein Vogel ruft
Oder ein Wind geht in den Zweigen
Oder ein Hund bellt im fernsten Gehöft,
Dann muß ich lange lauschen und schweigen.

Meine Seele flieht zurück,
Bis wo vor tausend vergessenen Jahren
Der Vogel und der wehende Wind
Mir ähnlich und meine Brüder waren.

Meine Seele wird ein Baum
Und ein Tier und ein Wolkenweben.
Verwandelt und fremd kehrt sie zurück
Und fragt mich. Wie soll ich Antwort geben?

°8° Ina Müller *Liebeslied (1921/22)*

Wo mag meine Heimat sein?
Meine Heimat ist klein,
Geht von Ort zu Ort,
Nimmt mein Herz mit sich fort,
Gibt mir Weh, gibt mir Ruh;
Meine Heimat bist du.

°9° Konstantin Wecker
Es gibt in der tiefen Meditation …

Es gibt in der tiefen Meditation die Möglichkeit,
die Zeit aufzuheben, alles gewesene, seiende
und sein werdende Leben als gleichzeitig
zu sehen, und da ist alles gut, alles vollkommen,
alles ist Brahman.

Darum scheint mir das, was ist,
gut, es scheint mir Tod wie
Leben, Sünde wie Heiligkeit,
Klugheit wie Torheit, alles muß
so sein, alles bedarf nur meiner
Zustimmung, nur meiner
Willigkeit, meines liebenden
Einverständnisses, so ist es für
mich gut, kann mir nie schaden.
Ich habe an meinem Leibe und an
meiner Seele erfahren, daß ich
der Sünde sehr bedurfte, ich
bedurfte der Wollust, des Strebens
nach Gütern, der Eitelkeit und
bedurfte der schmählichsten
Verzweiflung, um das Widerstreben
aufgeben zu lernen, um die Welt
lieben zu lernen, um sie nicht mehr
mit irgendeiner von mir gewünschten,
von mir eingebildeten Welt zu vergleichen,
einer von mir ausgedachten Art der
Vollkommenheit, sondern sie zu lassen,
wie sie ist, und sie zu lieben und ihr
gerne anzugehören.
Aus *Siddhartha*

°10° Dagmar Manzel/ Knabenchor Hannover

Feierliche Abendmusik/Adagio

Traum gibt, was Tag verschloß;
Nachts, wenn der Wille erliegt,
Streben befreite Kräfte empor,
Göttlicher Ahnung folgend.
Wald rauscht und Strom, und durch der regen Seele
Nachtblauen Himmel Wetterleuchten weht.
In mir und außer mir
Ist ungeschieden, Welt und ich ist eins.
Wolke weht durch mein Herz,
Wald träumt meinen Traum,
Haus und Birnbaum erzählt mir
Die vergessene Sage gemeinsamer Kindheit.
Ströme hallen und Schluchten schatten in mir,
Mond ist und bleicher Stern mein vertrauter Gespiele.
Aber die milde Nacht,
Die sich über mich mit sanftem Gewölke neigt,
Hat meiner Mutter Gesicht,
Küßt mich lächelnd in unerschöpflicher Liebe,
Schüttelt träumerisch wie in alter Zeit
Ihr geliebtes Haupt, und ihr Haar
Wallt durch die Welt, und es zittern
Blaß aufzuckend darin die tausend Sterne.

°11° Robert Stadlober

Leb wohl, Frau Welt

Es liegt die Welt in Scherben,
Einst liebten wir sie sehr,
Nun hat für uns das Sterben
Nicht viele Schrecken mehr.

Man soll die Welt nicht schmähen,
Sie ist so bunt und wild,
Uralte Zauber wehen
Noch immer um ihr Bild.

Wir wollen dankbar scheiden
Aus ihrem großen Spiel;
Sie gab uns Lust und Leiden,
Sie gab uns Liebe viel,

Leb wohl, Frau Welt, und schmücke
Dich wieder jung und glatt,
Wir sind von deinem Glücke
Und deinem Jammer satt.

°12° Anna Maria Mühe

Wie sind die Tage …

Wie sind die Tage schwer!
An keinem Feuer kann ich erwarmen,
Keine Sonne lacht mir mehr,
Ist alles leer,
Ist alles kalt und ohne Erbarmen,
Und auch die lieben klaren
Sterne schauen mich trostlos an,
Seit ich im Herzen erfahren,
Daß Liebe sterben kann.

°13° Andreas Nowak/Silbermond

Junger Novize im Zen-Kloster

II
Ist auch alles Trug und Wahn
Und die Wahrheit stets unnennbar,
Dennoch blickt der Berg mich an
Zackig und genau erkennbar.

Hirsch und Rabe, rote Rose,
Meeresblau und bunte Welt:
Sammle dich – und sie zerfällt
Ins Gestalt- und Namenlose.

Sammle dich und kehre ein,
Lerne schauen, lerne lesen!
Sammle dich – und Welt wird Schein.
Sammle dich – und Schein wird Wesen.

°14° Roger Cicero
Verlorener Klang

Einmal in Kindertagen
Ging ich die Wiese lang,
Kam still getragen
Im Morgenwind ein Gesang,
Ein Ton in blauer Luft,
Oder ein Duft, ein blumiger Duft,
Der duftete süß, der klang
Eine Ewigkeit lang,
Meine ganze Kindheit lang.

Es war mir nicht mehr bewußt –
Erst jetzt in diesen Tagen
Hör ich innen in der Brust
Ihn wieder verborgen schlagen.
Und jetzt ist alle Welt mir einerlei,
Will nicht mit den Glücklichen tauschen,
Will nur lauschen,
Lauschen und stillestehn,
Wie die duftenden Töne gehn,
Und ob es noch der Klang von damals sei.

15° Ina Müller *Weiße Wolken*

O schau, sie schweben wieder
Wie leise Melodien
Vergessener schöner Lieder
Am blauen Himmel hin!

Kein Herz kann sie verstehen,
Dem nicht auf langer Fahrt
Ein Wissen von allen Wehen
Und Freuden des Wanderns ward.

Ich liebe die Weißen, Losen
Wie Sonne, Meer und Wind,
Weil sie der Heimatlosen
Schwestern und Engel sind.

°16° Jürgen Prochnow/ Gaurav Mazumdar SITAR

Wie eine Welle

Wie eine Welle, die vom Schaum gekränzt
Aus blauer Flut sich voll Verlangen reckt
Und müd und schön im großen Meer
verglänzt –

Wie eine Wolke, die im leisen Wind
Hinsegelnd aller Pilger Sehnsucht weckt
Und blaß und silbern in den Tag verrinnt –

Und wie ein Lied am heißen Straßenrand
Fremdtönig klingt mit wunderlichem Reim
Und dir das Herz entführt weit über Land –

So weht mein Leben flüchtig durch die Zeit,
Ist bald vertönt und mündet doch geheim
Ins Reich der Sehnsucht und der Ewigkeit.

°17° Konstantin Wecker

Gestutzte Eiche

Wie haben sie dich, Baum, verschnitten,
Wie stehst du fremd und sonderbar!
Wie hast du hundertmal gelitten,
Bis nichts in dir als Trotz und Wille war!
Ich bin wie du, mit dem verschnittnen,
Gequälten Leben brach ich nicht
Und tauche täglich aus durchlittnen
Roheiten neu die Stirn ins Licht.
Was in mir weich und zart gewesen,
Hat mir die Welt zu Tod gehöhnt,
Doch unzerstörbar ist mein Wesen,
Ich bin zufrieden, bin versöhnt,
Geduldig neue Blätter treib ich
Aus Ästen hundertmal zerspellt,
Und allem Weh zu Trotze bleib ich
Verliebt in die verrückte Welt.

°18° Anna Maria Mühe

Liebeslied (Mai 1922)

Ich wollt ich wär eine Blume,
Du kämest still gegangen,
Nähmst mich zum Eigentume
In deine Hand gefangen.

Auch wär ich gern ein roter Wein
Und flösse süß durch deinen Mund
Und ganz und gar in dich hinein
Und machte dich und mich gesund.

°19° Dagmar Manzel/ Jan Vogler VIOLONCELLO

Regennacht

Auf Dach und Simsen überall
Der stetig leise Tropfenfall
Und weit hinein ins dunkle Land
Sanft wie ein Schleier ausgespannt,
Der sich im Winde senkt und hebt
Und leblos ist und dennoch lebt.
Der Acker, der die Wolke zieht,
Der Himmel, der zur Erde strebt,
Das wogt und rinnt und klagt und bebt
In diesem stetig leisen Lied,
So wie ein tiefer Geigenklang
Geheimer Sehnsucht dunklen Drang
In Töne hüllt und weiterträgt
Und da und dort ein Herz bewegt,
Das nach demselben Heimwehland
Sich sehnend keine Worte fand.
Und was nicht Wort, nicht Geige sagt,
Wird Ton und schwillt zu stiller Macht
Im stetig leisen Wiegetakt
Der windbewegten Regennacht;
Die nimmt, was klaglos rang und litt,
In ihre dunklen Lieder mit.

°20° Robert Stadlober

Kennst du das auch?

Kennst du das auch, daß manchesmal
Inmitten einer lauten Lust,
Bei einem Fest, in einem frohen Saal,
Du plötzlich schweigen und hinweggehn mußt?

Dann legst du dich aufs Lager ohne Schlaf
Wie Einer, den ein plötzlich Herzweh traf;
Lust und Gelächter ist verstiebt wie Rauch,
Du weinst, weinst ohne Halt – Kennst du
das auch?

°21° Gottfried John/ Johannes Tonio Kreusch

GITARRE

Stufen

Wie jede Blüte welkt und jede Jugend
Dem Alter weicht, blüht jede Lebensstufe,
Blüht jede Weisheit auch und jede Tugend
Zu ihrer Zeit und darf nicht ewig dauern.
Es muß das Herz bei jedem Lebensrufe
Bereit zum Abschied sein und Neubeginne,
Um sich in Tapferkeit und ohne Trauern
In andre, neue Bindungen zu geben.
Und jedem Anfang wohnt ein Zauber inne,
Der uns beschützt und der uns hilft, zu leben.

Wir sollen heiter Raum um Raum durchschreiten,
An keinem wie an einer Heimat hängen,
Der Weltgeist will nicht fesseln uns und engen,
Er will uns Stuf' um Stufe heben, weiten.
Kaum sind wir heimisch einem Lebenskreise
Und traulich eingewohnt, so droht Erschlaffen,
Nur wer bereit zu Aufbruch ist und Reise,
Mag lähmender Gewöhnung sich entraffen.

Es wird vielleicht auch noch die Todesstunde
Uns neuen Räumen jung entgegen senden,
Des Lebens Ruf an uns wird niemals enden …
Wohlan denn, Herz, nimm Abschied und gesunde!

Paul McCandless Joo Kraus Max Szenoner Andreas Neubauer

Paul McCandless: Oboe, Englischhorn, Duduk, Sopran- und Tenorsaxophon
Joo Kraus: Trompete
Max Szenoner: akustische Gitarre (Track 10)
Andreas Neubauer: Schlagzeug und Perkussion
Steve Baker: Blues Harp (Track 15)
Willy Wagner: elektrische Bässe
Martin Wagner: Akkordeon
Ali Neander: akustische und elektrische Gitarren
Swarnima Gusain: Gesang (Track 2)
Tommy Baldu: Schlagzeug und Perkussion (Track 6,13)

Steve Baker Willy Wagner Martin Wagner Ali Neander

Swarnima Gusain

Angelica Fleer & Richard Schönherz

Tommy Baldu

Angelica Fleer: Keyboards, Programming
Richard Schönherz: Steinway Model D, Keyboards, Programming, Sound Design
Irina Klimina: add. Steinway Model D (Track 4)
Symphonic Lab Orchestra
Orchesterleitung: Manfred Honetschläger; Orchesteraufnahmen und Mischung: Tadeus Mieczkowski; Aufnahmeleitung: Peter Siedlaczek

Knabenchor Hannover - Chorleitung: Jörg Breiding
Choraufnahmen und Mischung: Benjamin Dreßler
Orchester- und Chorarrangements: Richard Schönherz

Aufnahmeorte - Tontechnik:
Farsight-East, Frankfurt am Main, Farsight-West, Bolinas, California - Richard Schönherz; S.P.O.T. Studios, Frankfurt am Main - Heinz Kühne, Torsten Breither; Zero Tolerance Studio, Berlin - Ulrik Spies, Jacki Engelken; Off Town Music, Offenbach - Tom Schlüter; Home Studios, Hamburg - Hendrik Ostrau; Peer Music Studio, Hamburg - Geoff Peacey; Kirche des Stephansstift, Hannover - Benjamin Dreßler; Festeburgkirche, Frankfurt am Main - Charly Morell; Rundfunkstudio Warschau, Polen - Tadeus Mieczkowski; Geet Audiocraft, Mumbai, India - Nippu Khound; Plan 1 Media, München - Toni Nirschl; all about music, München - Florian Moser.

Mastering: Christoph Stickel/MSM-Studios, München

Biografien

Roger Cicero, 1970 geboren, hatte bereits sechzehnjährig zusammen mit dem RIAS-Tanzorchester seinen ersten Fernsehauftritt. Es folgten eine Ausbildung in den Fächern Klavier, Gitarre und Gesang sowie zahlreiche Auftritte mit dem *Horst Jankowski-Trio*, dem *Eugen-Cicero-Trio* sowie dem Bundesjugendjazzorchester. Von 1991 bis 1996 studierte er Jazzgesang an der Amsterdamer Hochschule der Künste und wurde Gastsänger bei den Gruppen Jazzkantine und Soulounge. 2003 gründete er das *Roger-Cicero-Quartett*. Inzwischen tritt er mit einer elfköpfigen Bigband auf. Stilistisch bedient er sich bei der Swingmusik der 1940er und 1950er Jahre und kombiniert sie mit deutschen Texten. 2007 wurde er in der Sparte Solist Jazz mit der goldenen Stimmgabel ausgezeichnet. Seine veröffentlichten Alben erreichten Gold- bzw. Platin-Status.

2007 gewann er bei der deutschen Vorentscheidung zum Eurovision Song Contest 2007 mit dem Song *Frauen regier'n die Welt*. 2008 stand Roger Cicero gemeinsam mit Heike Makatsch zum ersten Mal als Schauspieler für die Verfilmung der Lebensgeschichte von Hildegard Knef vor der Kamera.

Der Klarinettist Giora Feidman, 1936 in Buenos Aires geboren, gehört weltweit zu den bedeutendsten Instrumentalsolisten der Klezmermusik.
Bereits mit achtzehn Jahren nahm das Orchester des Teatro Colón den begabten jungen Musiker auf, zwei Jahre später wechselte Feidman als Bassklarinettist zum Israel Philharmonic Orchestra. Anfang der 1970er Jahre startete er dann in New York seine Solokarriere als Klezmer-Musiker.
In Deutschland hatte Giora Feidman 1984 seinen Durchbruch mit der Übernahme der Hauptrolle in Peter Zadeks Inszenierung von Joshua Sobols Theaterstück *Ghetto*. Mitte der 1990er Jahre wurde er dann auch einem breiteren Publikum durch Auftritte in den deutschen Filmen *Jenseits der Stille* von Caroline Link und *Die Comedian Harmonists* von Joseph Vilsmaier sowie durch seine Mitwirkung bei John Williams oscargekrönter Filmmusik zu Steven Spielbergs *Schindlers Liste* bekannt. Feidman erhielt jeweils 1997 und 2003 den deutschen Musikpreis ECHO KLASSIK und wurde 2001 mit dem Großen Bundesverdienstkreuz für seine besonderen Verdienste um die Aussöhnung zwischen Deutschen und Juden geehrt. Für sein jahrzehntelanges Engagement für die Versöhnung zwischen den Kulturen mittels seiner Musik erhielt er den internationalen Brückepreis für Völkerverständigung 2005.

Das markante Gesicht von Charakterdarsteller GOTTFRIED JOHN ist seit Jahrzehnten aus dem deutschen Film nicht mehr wegzudenken. 1942 in Berlin geboren debütierte er noch während seiner Schauspielausbildung am Berliner Schiller-Theater. Nach der Begegnung mit Rainer Werner Fassbinder gehörte Gottfried John bald zu dessen Team und arbeitete bei Produktionen wie *Die Ehe der Maria Braun* (1978), *Berlin Alexanderplatz* (1980) oder *Lili Marleen* eng mit Fassbinder zusammen. Heute gehört Gottfried John zu den wenigen deutschen Schauspielern, denen ein internationaler Durchbruch gelang. Doch neben Rollen in *James Bond – Golden Eye*, *Asterix und Obelix* oder *Der Unhold* mit John Malkovich blieb er auch dem deutschen Film treu. So wirkte er in TV-Serien wie *Derrick*, *Tatort* oder *Ein Fall für zwei* ebenso mit wie in großen deutschen Kinofilmen, zum Beispiel in *Bin ich schön?* (Doris Dörrie, 1998).
Damit gelang ihm der seltene Spagat zwischen kommerziellen Hollywood-Produktionen und kleinen Filmkunststücken. 1999 debütierte er mit seiner Autobiographie *Bekenntnisse eines Unerzogenen*, 2003 erschien sein Roman *Das fünfte Wort*. 1999 erhielt er den Bayerischen Filmpreis und 2006 den Diva-Award.

Der Knabenchor Hannover, einer der weltweit renommiertesten Knabenchöre, wurde 1950 von Heinz Hennig gegründet. Ende des Jahres 2001 übergab er den Chor an seinen Nachfolger Prof. Jörg Breiding, der ihn seitdem leitet. Schon früh setzte sich der Chor mit der historischen Aufführungspraxis von Alter Musik auseinander, was ihm einen großen Bekanntheitsgrad weit über die Grenzen Deutschlands hinaus verschaffte. Ihre Konzertreisen führten sie bereits u. a. nach Israel, Jordanien, Südafrika, Russland, Chile, Argentinien und Brasilien. Das Repertoire des Chores umfasst Werke von der venezianischen Mehrchörigkeit bis hin zu zeitgenössischen Kompositionen. Das Ensemble kann dabei insbesondere auf eine lange Aufführungstradition der Vokalmusik des 17. Jahrhunderts und 18. Jahrhunderts zurückblicken. Der Knabenchor Hannover arbeitet regelmäßig mit Musikern wie Gustav Leonhardt, Ton Koopman, Jordi Savall, John Eliot Gardiner, Philippe Herreweghe, Kent Nagano, Christoph Eschenbach u. a. zusammen, ebenso mit international bedeutenden Instrumentalensembles wie dem Amsterdam Baroque Orchestra, der Akademie für Alte Musik Berlin sowie zahlreichen deutschen Sinfonieorchestern. 2006 wurde der Knabenchor mit dem ECHO KLASSIK in der Kategorie Chorwerk – Einspielung des Jahres ausgezeichnet.

Johannes Tonio Kreusch, den das englische Fachmagazin *Classical Guitar* zu den führenden Gitarristen unserer Zeit zählt und das *Akustik Gitarre Magazin* jüngst als „einen der kreativsten Gitarristen der Gegenwart" bezeichnete, studierte am Salzburger Mozarteum und an der New Yorker Juilliard School of Music klassische Gitarre. Seit seinem Solo-Debüt in der Carnegie Recital Hall im Jahre 1996 führten ihn Konzertreisen als Solist und Kammermusiker in viele Städte Europas, der USA und Lateinamerikas. Durch seine intensive Zusammenarbeit mit Komponisten unserer Zeit entstanden zahlreiche neue Werke für die Gitarre, die er auf bedeutenden Festivals uraufgeführt hat. Neben seiner Konzerttätigkeit unterrichtet Johannes Tonio Kreusch an der Universität in München, gibt Seminare und Meisterkurse im In- und Ausland, schreibt für internationale Fachzeitschriften und ist künstlerischer Leiter mehrerer Festivals.
Johannes Tonio Kreuschs Verbindung zu Hermann Hesse spiegelt sich in seiner *Siddhartha Suite* für Solo Gitarre wider, die er als Hommage an Hesses gleichnamigen Erfolgsroman komponiert hat und die unter dem Titel *Crystallization* auf CD erschienen ist.

Dagmar Manzel, 1958 in Berlin geboren, ist Absolventin der Schauspielschule Ernst Busch in Berlin. Von 1980 bis 1983 war sie am Staatsschauspiel Dresden, von 1983 bis 2001 gehörte sie dem Ensemble des Deutschen Theaters Berlin an. Dort ist sie zur Zeit als Arkadina in Thomas Langhoffs Inszenierung von *Die Möwe* sowie in ihrem Solo-Liederabend *Ich bin ein Wesen leichter Art* zu sehen. Die Kritiker-Jury der Zeitschrift *theater heute* hat Dagmar Manzel zur Schauspielerin des Jahres 2002 gewählt, u. a. für *Traum im Herbst* vom ebenfalls prämierten Jon Fosse, einer Inszenierung von Luk Perceval an den Münchner Kammerspielen. Seit Mitte der 80er Jahre tritt Dagmar Manzel neben dem Theater auch vermehrt in Film und Fernsehen auf. So war sie u. a. in Helmut Dietls *Schtonk!* zu sehen und in Rainer Kaufmanns *Die Apothekerin* als Kollegin von Katja Riemann. Für diese Rolle wurde sie 1998 als Beste Nebendarstellerin für den Deutschen Filmpreis nominiert. 1997/98 drehte sie den Dreiteiler *Der Laden,* für den das Darstellerteam den Grimme-Preis in Gold erhielt. In der Serie *Klemperer - Ein Leben in Deutschland* spielte Dagmar Manzel die Frau des jüdischen Professors Klemperer (ausgezeichnet mit dem Deutschen Fernsehpreis 2000) und war die Petra Kelly in der ARD-Produktion *Kelly Bastian - Geschichte einer Hoffnung.*

Gaurav Mazumdar gehört zu den begehrtesten und vielseitigsten Musikern unserer Zeit. Aus einer indischen Musikerfamilie stammend, begann er seine musikalische Ausbildung mit Gesangs- und Geigenunterricht. Nach dem Geigenstudium lernte Gaurav Mazumdar das Sitarspiel beim legendären Ravi Shankar, mit dem er auch weltweit auf Tournee war. Wie sein Lehrer hat er neben der Pflege der klassisch-indischen Ragas immer wieder auch mit Musikern anderer Traditionen zusammengearbeitet und damit internationale Bekanntheit erreicht. Stationen seines Wirkens waren u. a. Konzerte im Vatikan für den Papst zum Millenium-Konzert 1999; Eröffnung der olympischen Spiele, Athen, 2004; Concert for George, Royal Albert Hall, 2004; Metropolitan Museum, New York, 2005; *Commonwealth Festival*, Queen Elizabeth Hall, 2003–04; Detroit Symphony Orchestra Hall, U.S.A., 2003; *Perth International Festival*, Australia, 2005; *Kijani International Festival*, Afrika, 2005; Birla Sabhagar, Kolkata, 2006. Er arbeitete mit Philip Glass, Kenny Werner, dem *English Chamber Orchestra* und komponierte die Musik für das Ballett *Siddhartha* nach der gleichnamigen Novelle von Hermann Hesse. Für sein Album *East meets West* mit dem Violinisten Daniel Hope erhielt er 2004 eine Grammy-Nominierung.

Die 1985 geborene Anna Maria Mühe, Tochter des Schauspielerehepaars Ulrich Mühe und Jenny Gröllmann, trat mehr durch Zufall denn durch Absicht in die Fußstapfen ihrer Eltern, als sie von einer Regisseurin in einem Berliner Szene-Lokal entdeckt wurde. So spielte sie in ihrem Kinodebüt, dem Drama *Große Mädchen weinen nicht,* die Freundin von Karoline Herfurth, die sich für die Untreue ihres Vaters an der Tochter seiner Geliebten rächen will. Für ihre Rolle wurde sie auf dem Filmfest von Las Palmas 2003 mit dem Preis für die beste weibliche Darstellerin ausgezeichnet. Bereits 2003 entstand Anna Maria Mühes nächstes Kinoprojekt, Achim von Borries ambitionierte Regiearbeit *Was nützt die Liebe in Gedanken,* die wahre Geschichte der so genannten Steglitzer Schülertragödie von 1927/28, wofür sie 2004 den Goldenen Schwan beim Copenhagen International Film Festival als beste Schauspielerin erhielt. 2006 bekam sie die Goldene Kamera als beste Nachwuchsschauspielerin. Überragend war dann ihre Darstellung einer 16-Jährigen, deren Welt zusammenbricht, in Jobst Oetzmanns packendem und einfühlsam erzählten Familiendrama *Delfinsommer.* 2008 feierten die Kritiker sie für ihre Doppelrolle in *Novemberkind.*

Ina Müller wuchs als vierte von fünf Töchtern einer Bauernfamilie in Köhlen auf. Bekannt wurde sie durch das mit Edda Schnittgard 1994 gegründete Kabarett-Duo *Queen Bee,* unter maßgeblicher Prägung von Gerburg Jahnke von den *Missfits*. Neben den Auftritten mit *Queen Bee* arbeitet sie an verschiedenen Solo-Projekten, vor allem im Bereich der plattdeutschen Sprache. In jüngerer Zeit schrieb und sprach Müller auch für die traditionsreiche niederdeutsche Sendereihe *Hör mal 'n beten to* im NDR-Hörfunk. *Queen Bee* hat sich im Dezember 2005 aufgelöst, die Abschiedsvorstellung fand in Bonn im Pantheon statt. Ina Müller startete im Februar 2006 ihr zweites Soloprogramm *Ina Müller liest und singt op Platt*, außerdem hat sie im NDR eine Show mit dem Titel *Land und Liebe* und moderiert *Inas Norden*. Seit Herbst 2006 geht Ina Müller mit Band und dem Thema *Weiblich, ledig, 40* auf Tour. Ihr gleichnamiges Album erreichte Goldstatus. 2007 startete sie mit ihrer Late-Night-Show *Inas Nacht* im NDR. Im März 2008 erschien Müllers neueste Musik-CD *Liebe macht taub*.

Jürgen Prochnow, 1941 in Berlin geboren, gilt als einer der wenigen deutschen Schauspieler, die sich in Hollywood als feste Größe etablieren konnten. Er absolvierte nach dem Abitur ein Schauspielstudium an der renommierten Folkwang-Hochschule und erhielt 1966 sein erstes Engagement an den Städtischen Bühnen Osnabrück. Weitere Engagements führten Prochnow an das Theater Aachen, das Theater der Stadt Heidelberg und schließlich bis 1976 ans Schauspielhaus Bochum unter Intendant Peter Zadek. Seit den 1970er Jahren trat Prochnow auch vermehrt im Fernsehen auf. So spielte er unter der Regie von Wolfgang Petersen 1973 in der Tatort-Episode *Jagdrevier* und im gleichen Jahr in dessen erstem Kinofilm *Einer von uns beiden*. 1975 war er in Volker Schlöndorffs Film *Die verlorene Ehre der Katharina Blum* zu sehen. Prochnow erreichte 1981 seinen internationalen Durchbruch mit der Hauptrolle des U-Boot-Kapitäns „Kaleun“ in Petersens *Das Boot*. Daraufhin folgten weitere Rollen in Hollywood-Produktionen. So übernahm er unter anderem 1984 in David Lynchs *Dune – der Wüstenplanet* die Rolle des Herzogs Leto Atreides, war 1996 als Major Müller in *Der englische Patient* zu sehen und spielte die Rolle des russischen Rebellen General Alexander Radek in *Air Force One*. Ausgezeichnet wurde er unter anderem mit dem Bayerischen Filmpreis, der Goldenen Kamera und dem Bambi.

Stefanie Kloß ist Sängerin und Frontfrau, Andreas Nowak Schlagzeuger der deutschen Pop-Rock-Band *Silbermond*. Noch während der Schulzeit lernten sich Nowak und Kloß bei dem musikalischen Jugendwettprojekt Ten Sing kennen. Dort trafen sie auch Johannes und Thomas Stolle, mit denen sie gemeinsam die Band *JAST* (zusammengesetzt aus den Anfangsbuchstaben der Bandmitglieder) gründeten. *JAST* nahm an zahlreichen Wettbewerben teil und gewann u. a. den Musikförderpreis Music act. Zunächst interpretierte die Band ausschließlich englische Songs, bis Andreas Nowak anregte, es mit Liedern auf Deutsch zu versuchen. Mit deutschen Texten und unter dem Bandnamen *Silbermond* trat die Band schließlich 2004 als Vorgruppe von Jeanette Biedermann auf und schaffte damit endgültig ihren Durchbruch. Das im gleichen Jahr veröffentlichte Debütalbum *Verschwende deine Zeit* erreichte Doppelplatinstatus und die ausgekoppelte Single *Symphonie* schaffte es auf Anhieb unter die deutschen Top 10. Die Single *Das Beste* vom zweiten Album *Laut gedacht* landete 2006 als Neueinsteiger direkt auf Platz 1 der deutschen Charts. 2007 wurde *Silbermond* mit zwei Echos ausgezeichnet und gewann in drei Kategorien den Comet.

ROBERT STADLOBER wurde 1982 in Kärnten geboren und wuchs zunächst in der Steiermark auf. Mit elf Jahren begann er auf Anregung der Mutter als Synchronsprecher zu arbeiten und spielte dann in verschiedenen Fernsehproduktionen und Kinofilmen mit. Seinen Durchbruch schaffte er als Rolling Stones-Fan und Plattenliebhaber Wuschel 1999 in der Ostalgie-Komödie *Sonnenallee.* Es folgten Rollen in verschiedenen Fernsehproduktionen und Kinofilmen. Besondere Aufmerksamkeit erregte er mit der Darstellung des 16-jährigen, halbseitig spastisch gelähmten Internatsschüler Benjamin Lebert in *Crazy* (2000). Für diese Rolle wurde er 2001 mit dem Nachwuchspreis des Bayerischen Filmpreises ausgezeichnet. Neben seiner Tätigkeit als Filmschauspieler ist Stadlober gelegentlich auch in Theaterinszenierungen zu sehen, so etwa 2006 in Christoph Schlingensiefs Burgtheater-Inszenierung *Area* 7. Robert Stadlober war Sänger der Rockband *Gary* und betreibt seit 2005 das Independent-Label *Siluh Records*. 2008 war er in den Filmen *Berlin am Meer* sowie der lange erwarteten Ottfried-Preußler-Verfilmung *Krabat* im Kino zu sehen.

Jan Vogler, 1964 geboren, war in Berlin Schüler von Peter Vogler und Josef Schwab und in Basel von Heinrich Schiff. Er begann seine Karriere als erster Konzertmeister Violoncello in der Staatskapelle Dresden bereits im Alter von 20 Jahren. Um sich ganz auf seine Tätigkeit als Solist konzentrieren zu können, gab Vogler diese Position jedoch 1997 auf. Sein Orchesterrepertoire beinhaltet neben sämtlichen bekannten Werken für das Violoncello auch so ausgefallene Stücke wie das Cellokonzert *Dunkle Saiten* des Komponisten Jörg Widmann, das Jan Vogler gewidmet ist oder auch das hochvirtuose Konzert von Michael Haydn. Zusammen mit dem New York Philharmonic Orchestra gestaltete er die Uraufführung der *Berceuse for Dresden* des englischen Komponisten Colin Matthews im Herbst 2005 in der Dresdner Frauenkirche. Weitere Höhepunkte seiner Solistenkarriere waren die Auftritte mit dem New York Philharmonic Orchestra unter Lorin Maazel sowohl in New York als auch im Rahmen der Wiedereröffnung der Dresdner Frauenkirche. Zu Jan Voglers kammermusikalischen Aktivitäten zählen neben dem Moritzburg Festival, dessen künstlerischer Leiter er ist, regelmäßige Konzerte mit Partnern wie Hélène Grimaud, Martin Stadtfeld und nicht zuletzt Louis Lortie. 2002 wurde Vogler mit dem ECHO KLASSIK als Bester Instrumentalist ausgezeichnet.

KONSTANTIN WECKER, 1947 in München geboren, erhielt bereits im Alter von sechs Jahren seinen ersten Klavierunterricht. Mit acht Jahren lernte er Geige, mit vierzehn Jahren dann Gitarre spielen. Ab 1968 machte er sich in der Kleinkunst-Szene einen Namen, war Mitbegründer der Rock-Soul-Band *Zauberberg* und ging mit der deutschen Version von *Jesus Christ Superstar* auf Tournee. Wecker gründete 1974 das Team Musikon, mit dem er bis 1985 seine Platten und Konzerte selbst produzierte. Sein Durchbruch gelang Wecker dann 1977 mit dem Album *Genug ist nicht genug*, das im selben Jahr mit dem Deutschen Kleinkunstpreis ausgezeichnet wurde. Zwischen 1986 und 1993 scharte er eine Band zum Teil aus der deutschen Jazz-Szene um das United Jazz and Rock Ensemble um sich und arbeitete mit vielen bekannten ausländischen Künstlern zusammen, darunter Joan Baez und Mercedes Sosa. Wecker machte sich darüber hinaus auch immer mehr als Komponist von Filmmusik (z. B. für Helmut Dietls Erfolgsfilm *Schtonk!*) sowie als Autor von Lyrik und Prosa einen Namen. 2004 feierte sein *Hundertwasser*-Musical Premiere, 2005 wurde dann in Füssen das von Wecker gemeinsam mit Christopher Franke komponierte Musical *Ludwig* uraufgeführt. Bei den Bad Hersfelder Festspielen übernahm Konstantin Wecker 2006/2007 die musikalische Leitung für die Theateraufführungen *Faust I* und *Faust II* und erhielt gemeinsam mit Eugen Drewermann den Erich-Fromm-Preis der Internationalen Erich-Fromm-Gesellschaft.

Richard Schönherz erhielt ab dem 6. Lebensjahr eine klassische Klavierausbildung. Neben seiner Tätigkeit als Texter, Keyboarder und Leadsänger komponierte und arrangierte er u. a. für die „ORF-Big-Band", die „Wiener Philharmoniker" und für das „Royal Philharmonic Orchestra, London". 1970 und 1972 komponierte er den österreichischen Beitrag zum Eurovision Song Contest. Bekannt wurde er durch zahlreiche Kompositionen für André Heller (z. B. „Marilyn Monroe", „Gut ist's ein Narr zu sein"), den er auch 1974 und 1975 auf seinen Tourneen begleitete. Von 1980 bis 1999 lebte er in Kalifornien. In den USA wurde er durch seine Veröffentlichungen auf dem renommierten „Windham Hill Label" bekannt.

Angelica Fleer erhielt ab dem 5. Lebensjahr eine klassische Klavierausbildung und studierte an der Johann-Wolfgang-Goethe-Universität Musikpädagogik und Musikwissenschaften und als Schülerin der Frankfurter Musikwerkstatt Jazz-Arrangement und Kompositionslehre. Als Keyboarderin tourte sie u. a. 1987 mit Stanislaw Soyka und trat mit ihm auch beim „Sopot Festival" in Polen auf. 1989 spielte sie Konzerte mit „Wolfgang Niedecken und Komplizen" in Mozambique. Sie komponierte u. a. für Sally Oldfield, Robin Beck und die Kölner Rockgruppe BAP. Ihr Soloalbum „Waiting For The Big Rain" wurde von den Kritikern hoch gelobt und 1997 international (auch in den USA) veröffentlicht.

Im Jahr 2004 hat das Künstlerpaar Schönherz & Fleer für das Rilke Projekt 1 bis 3 den Internationalen Buchpreis CORINE in der Kategorie „Hörbuch" erhalten. Für den Hörverlag produzierten sie bereits das überaus erfolgreiche erste Album des Hesse Projekts „Die Welt unser Traum".

SCHÖNHERZ & FLEER

HESSE PROJEKT

„Verliebt in die verrückte Welt"

Idee und Konzept: Schönherz & Fleer
Textauszüge und Gedichte: Hermann Hesse
Komposition, Arrangement und Produktion: Schönherz & Fleer
Musikverlag: Edition Poesiemusik (Sony/ATV Music Publishing)
Textauszüge, Gedichte, Illustrationen und Fotos von Hermann Hesse: Suhrkamp Verlag, Frankfurt am Main
Künstlerfotos (soweit nicht anderes gekennzeichnet): Ralf Braum; Fotos Gaurav Mazumdar und Konstantin Wecker: Markus Kirchgessner; Foto Johannes Tonio Kreusch: Jessica Backhaus; Foto Knabenchor Hannover: Heimo Klemm;
Videoaufnahmen: Sehstern Filmproduktion, Vita Spieß und Reiner Krausz
Kameraassistenz und Ton: Daniel Kohl, Dirk Krecker, Mark Liedtke, Holger Rädler, Cordula Stahl;
Coverbild: Gerhard Richter, Abstraktes Bild, 1993 (Edition Parkett) © Gerhard Richter
Coverdesign: Der Hörverlag und Richard Schönherz

Kontakt:
DER HÖRVERLAG Lindwurmstraße 88, 80337 München,
Tel.: 0049 (0) 89 21 06 94-0, info@hoerverlag.de
SCHÖNHERZ & FLEER: Amann Rechtsanwälte RA Pascal Charles Amann
Weinbergstraße 59, 64285 Darmstadt, Tel.: 0049 (0) 6151 10 11 4-0
fax: 0049 (0) 6151 10 11 4-11, pa@amann.de

Ina Müller: mit freundlicher Genehmigung der 105 Music GmbH

Weblinks:
www.hesse-projekt.de
www.rilke-projekt.de
www.schoenherz-fleer.de
www.hoerverlag.de

Unser Dank geht an:

Bernhard Hoestermann, Gisela Spiering - Agentur Hoestermann; Claudia Fitz, Susan Weidner, Heike Mauch - Fitz & Skoglund agents; Jochen Strieth - Management Giora Feidman; Nadine Bader, Ulf Wenderlich - Valiart Management; Frank Ramond; Roman Rybnikar, Adriana Schulz - 105 music; Manfred Berkard - Management Konstantin Wecker; Cornelius Claudio Kreusch - MusicJustMusic; Karin Heinrich, Jessica Schurer - Heinrich & Dewall, Artist & Music Management; Peter Szesny, Marietheres Eicker - PR2 classic; Frank Hallmann, Anne Constanze Wolters - Rondeau Production; Karsten Jahnke, Tina Krüger und Team Karsten Jahnke Konzertagentur; Norman Görlitz - Meistersinger Konzerte & Promotion; Sabine Bringmann - KüsterCom; Christoph Stickel, Ulla Bucarey - msm-studios; Hermjo Klein - ACE Entertainment; Dr. Torsten Siefert; Melanie Behringer - FCM Travel Solutions; Sabine Haider - Central Art Aboriginal Art Store; Hans Cuny - Peermusic; Reiner Krausz, Vita Spieß - Sehstern Filmproduktion; Frank-Michael Müller - Focus Verlag; Corina Gutmann und Team der Stadtbibliothek Greiz; Ram Thapa - Deutsch-Nepalische Gesellschaft;

Mary Applegate & Christopher Kranz, Familie Batereau, Ralf Braum, Prof. Jörg Breiding, Ani Choying Drolma, Bernhard Frantsits, Familie Marlies & Klaus Holitzka, Manfred Honetschläger, Brigitte John, Markus Kirchgessner, Julia Kraushaar, Vera Laux, Margaret Littlefield, Gunther Mende, Stephan Plank, Eugen Pletsch, Dietmar Ruser, Peter Siedlaczek, Meg Simonds & Mark Butler, Edith Vanderlijde, Chris Vogt.

Unser besonderer Dank geht an:

Gila Frankl, Barbara Glökler, Bettina Halstrick, Barbara Ostrup, Philip Roeder, Renate Schönbeck, Heike Völker-Sieber, Robert Wildgruber und das gesamte Hörverlag Team; Christiane Schütze - Sony Music Entertainment; Ulrike Alves-Rocha, Matthias Fuhrmann - Sony/ATV Music Publishing; Ulla Unseld-Berkéwicz - Suhrkamp & Insel Verlag; Albert Sanftenberg - Sanftenberg & Münch; Gerhard Richter.

Unser ganz besonderer Dank geht an:

Pascal Charles Amann, Claudia Baumhöver, Michael Brüggemann, Axel Erler, Silver Hesse und die Hesse-Familie, Volker Michels, Manfred Ortmann, Patrick Strauch und an unseren Sohn Noah Maria.

In memoriam Lieselotte Fleer

Hermann Hesse

wurde am 2. Juli 1877 in Calw als Sohn des baltischen Missionars Johannes Hesse und seiner Frau Marie, der Tochter eines württembergischen Indologen, geboren. Für die Theologenlaufbahn bestimmt, flüchtete er im Alter von 14 Jahren aus dem Klosterseminar Maulbronn, weil er „entweder Dichter oder gar nichts" werden wollte. Nach einem Selbstmordversuch wurde er in eine Nervenheilanstalt verbracht. Eine kurze Gymnasialzeit in Cannstatt schloss er mit der Mittleren Reife ab und absolvierte ein über einjähriges Praktikum in einer Calwer Turmuhrenfabrik. Nach einer Buchhändlerlehre in Tübingen und Basel schrieb er u. a. seinen ersten Roman *Peter Camenzind* (1904), dessen Erfolg es ihm erlaubte zu heiraten und sich als freier Schriftsteller am Bodensee niederzulassen. 1912 verließ Hermann Hesse Deutschland und zog mit seiner Familie nach Bern. Dort baute er die Bücherzentrale für Deutsche Kriegsgefangene auf, welche in ausländischen Lagern internierte Soldaten bis 1919 mit Lektüre versorgte. Im Mai 1919 übersiedelte er nach Montagnola/Tessin in die Casa Camuzzi, die er bis 1931 bewohnte. Hier schrieb er seine berühmtesten Werke: 1919 *Demian*, 1922 *Siddhartha*, 1927 *Der Steppenwolf*, 1930 *Narziß und Goldmund* und 1943 *Das Glasperlenspiel*. Für seine literarische Tätigkeit wurde er 1946 mit dem Nobelpreis für Literatur ausgezeichnet. Am 9. August 1962 starb Hermann Hesse in Montagnola.

Hermann Hesse im Hörverlag

SCHÖNHERZ & FLEER
HESSE PROJEKT
„DIE WELT UNSER TRAUM“
1 CD, ISBN 978-3-89940-880-5

Mit Ben Becker, Till Brönner, Ani Choying Drolma, Trilok Gurtu, Matthias Habich, Juliane Köhler, Annett Louisan, Xavier Naidoo, Memerbs of Söhne Mannheims, Caterina Valente, Andreas Vollenweider und Roger Willemsen

ÜBER DAS GLÜCK
5 CD, ISBN 978-3-86717-296-7
LESUNGEN/O-TON

WER LIEBEN KANN, IST GLÜCKLICH
1 CD, ISBN 978-3-86717-221-9
LESUNGEN

DER STEPPENWOLF
3 CD, ISBN 978-3-86717-222-6
HÖRSPIEL

SIDDHARTA
4 CD, ISBN 978-3-86717-297-4
VOLLSTÄNDIGE LESUNG

DEMIAN
5 CD, ISBN 978-3-86717-095-6
VOLLSTÄNDIGE LESUNG

der Hörverlag
WWW.HOERVERLAG.DE

Schönherz & Fleer

HESSE *live*

PROJEKT

Nach der überaus erfolgreichen Rilke Projekt Tournee 2004 bringt die Karsten Jahnke Konzertdirektion nun das Hesse Projekt von Schönherz & Fleer auf die Bühne.

Zwischen Oktober und Dezember 2009 sind ca 25 Shows in den schönsten Veranstaltungshäusern Deutschlands geplant. Das Publikum erwartet eine faszinierende Gesamtinstallation aus inszenierter Lesung und freier Interpretation ausgewählter Gedichte und Kurzprosa Hermann Hesses, Live-Musik und assoziativen Bildwelten – präsentiert von prominenten Künstlern und einer Live-Band.

Das HESSE PROJEKT LIVE wird u. a. in den folgenden Städten zu Gast sein:

- ★ Berlin *Tempodrom*
- ★ Bremen *Glocke*
- ★ Chemnitz *Stadthalle*
- ★ Dortmund *Konzerthaus*
- ★ Dresden *Kulturpalast*
- ★ Düsseldorf *Tonhalle*
- ★ Essen *Philharmonie*
- ★ Flensburg *Deutsches Haus*
- ★ Frankfurt *Alte Oper*
- ★ Freiburg *Konzerthaus*
- ★ Hamburg *Laeiszhalle*
- ★ Hannover *Theater am Aegi*
- ★ Kassel *Stadthalle*
- ★ Kiel *Kieler Schloss*
- ★ Koblenz *Rhein-Mosel-Halle*
- ★ Leipzig *Gewandhaus*
- ★ Lörrach *Burghof*
- ★ Lübeck *MuK*
- ★ Mainz *Phoenix-Halle*
- ★ Mannheim *Rosengarten*
- ★ München *Zirkus Krone*
- ★ Nürnberg *Meistersingerhalle*
- ★ Stuttgart *Liederhalle*
- ★ Weimar *Weimarhalle*

Weitere Städte sind in Vorbereitung. Informationen und Tickets auf www.hesse-projekt.de

SCHÖNHERZ & FLEER RILKE PROJEK

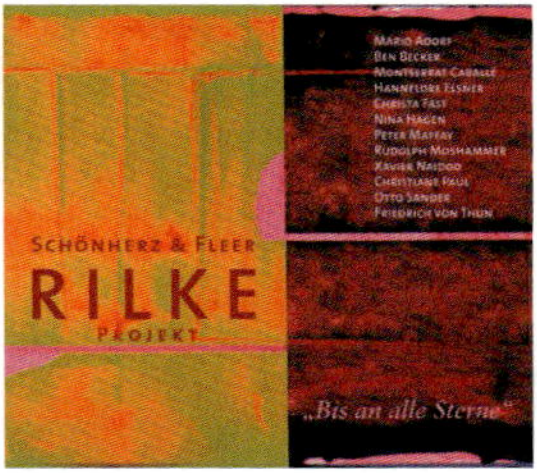

„Bis an alle Sterne"
ISBN 3-89830-303-9
CD 74321 78280 2

Mario Adorf · Ben Becker
Montserrat Caballé · Hannelore Elsner
Christa Fast · Nina Hagen · Peter Maffay
Rudolph Moshammer · Xavier Naidoo
Christiane Paul · Otto Sander
Friedrich von Thun

„In meinem wilden Herzen"
ISBN 3-89830–459–0
CD 74321 92079 2

Laith Al-Deen · Iris Berben
Karlheinz Böhm · Till Brönner
André Eisermann · Veronica Ferres
Cosma Shiva Hagen · Christiane
Hörbiger · Udo Lindenberg
Klaus Meine · Hanna Schygulla
Zabine

„Überfließende Himmel"
ISBN 3-89830–695–x
82876 52975 2

Ben Becker · Hannelore Elsner
Heino Ferch · Gottfried John
Vesselina Kasarova · Xavier Naidoo
Wolfgang Niedecken · Jürgen Prochnov
Katja Riemann · Jessica Schwarz
Barbara Sukowa · Sir Peter Ustinov

„Wenn es stimmt, dass Lyrik zu den vom Aussterben bedrohten Gattungen gehört, kommt hier die Rettungsma nahme. Rainer Maria Rilke im Easy Listening Gewand. Nur auf den ersten Blick zwei fremde Welten: Denn r sanften Beats untermalt, verlieren seine Verse nichts an Tiefsinn. Zum Mitsummen, Träumen und Seufzen." st

„... und nun möchte ich Ihnen spontan mitteilen, daß wir höchst angetan waren und dies immer mehr, je länger u der CD zuhörten. (...) Mir wurde selber klar, wie modern Rilke ist." Brief von Christoph Sieber-Rilke, Enkel von Rai Maria Rilke

www.rilke-projekt.de · www.schoenherz-fleer.de · www.sonyclassical.de

Sony Musi

SCHÖNHERZ & FLEERS **RILKE PROJEKT** LIVE

„Zwischen Tag und Traum"

Die LIVE-DVD „Zwischen Tag und Traum" der ausverkauften und äußerst erfolgreichen RILKE PROJEKT LIVE Tour 2004 als edle Digipack-Version.

Die vier Hauptdarsteller JÜRGEN PROCHNOW, ROBERT STADLOBER, NINA HOGER und ZABINE zitieren und singen die bekanntesten Titel aus den 3 vorhandenen Rilke Projekt CDs, und sprechen bewegende Gedichte Rilkes zu einer einzigartigen Bühnenshow! Die knapp 190 minütige DVD verspricht alleine 90 Minuten Bonusmaterial mit vielen Extras: Making of, Interview mit dem Enkel von Rainer Maria Rilke, Behind the Scenes – alles im 5.1 DTS Surround Sound!

DVD 82876 69232 9

DER OFFIZIELLE READER ZUM **RILKE PROJEKT**

„Zwischen Tag und Traum"

Zur erfolgreichsten Rilke-Adaption aller Zeiten erscheint das Begleitbuch im insel taschenbuch – zahlreiche Farbfotos – die kompletten Bühnentexte – alle Gedichte des Rilke-Projekts – die Entstehungsgeschichte – die Protagonisten – die Musiker – Blick hinter die Kulissen – Kurzbiographie Rainer Maria Rilke

broschiert

ISBN: 3-458-34878-6
Insel-Verlag Frankfurt

1	Liebeslied (1907)	Roger Cicero	2:4
2	Es ist nicht unsere Aufgabe …	Anna Maria Mühe	2:4
3	Einsame Nacht	Konstantin Wecker	2:4
4	Blume, Baum, Vogel	Jürgen Prochnow/Giora Feidman	4:0
5	Wie der stöhnende Wind –	Robert Stadlober	3:0
6	Wache Nacht	Stefanie Kloss/Silbermond	3:4
7	Manchmal	Gottfried John/Gaurav Mazumdar	2:1
8	Liebeslied (1921/22)	Ina Müller	1:3
9	Es gibt in der tiefen Meditation …	Konstantin Wecker	2:5
10	Feierliche Abendmusik/Adagio	Dagmar Manzel/ Knabenchor Hannover	4:14
11	Leb wohl, Frau Welt	Robert Stadlober	3:12
12	Wie sind die Tage …	Anna Maria Mühe	1:23
13	Junger Novize im Zen-Kloster	Andreas Nowak/Silbermond	3:11
14	Verlorener Klang	Roger Cicero	2:07
15	Weiße Wolken	Ina Müller	2:34
16	Wie eine Welle	Jürgen Prochnow/Gaurav Mazumdar	4:18
17	Gestutzte Eiche	Konstantin Wecker	2:37
18	Liebeslied (Mai 1922)	Anna Maria Mühe	2:18
19	Regennacht	Dagmar Manzel/Jan Vogler	3:32
20	Kennst du das auch?	Robert Stadlober	1:23
21	Stufen	Gottfried John/ Johannes Tonio Kreusch	4:08

Spieldauer ca. 61 Min

Gedichte und Textauszüge: Hermann Hesse
Komposition, Arrangement und Produktion: Schönherz & Fleer
Idee und Konzept: Schönherz & Fleer
www.hesse-projekt.de